POÈME

EN

DEUX CHANTS,

Par L. Amouroux,

SOLDAT AU 48ᵉ DE LIGNE.

La gloire fut toujours le guide des Français.

Angoulême,

IMPRIMERIE ET LITHOGRAPHIE DE LEFRAISE ET Cᵉ,

RUE VAUBAN, 8.

1839.

POÈME EN DEUX CHANTS.

PRIX : UN FRANC.

POÈME

EN

DEUX CHANTS,

Par L. Amouroux,

SOLDAT AU 48ᵉ DE LIGNE.

La gloire fut toujours le guide des Français.

Angoulême,

IMPRIMERIE ET LITHOGRAPHIE DE LEFRAISE ET Cⁱᵉ,
RUE VAUBAN, 8.

1839.

AVANT-PROPOS.

————

Le regret de ne pouvoir concourir à la noble
tâche de consolider les libertés espagnoles, en parta-
geant les périls et les fatigues des dix mille volon-
taires pris dans différents corps, m'a engagé à rimer
quelques vers en leur faveur. Les personnes, entre
les mains desquelles se trouveront quelques-uns de
mes exemplaires, auront la bonté, en reconnaissant
le faible de cette poésie, de croire que celui qui les
griffonna n'est ni poète, ni orateur, ni romancier,
mais bien fusilier au 48e de ligne, revêtu d'un
grossier pantalon rouge et d'une lourde capote.

Soldat au printemps de ma vie, je n'ai acquis un
peu de connaissance sur cet art difficile que par la
lecture de différents auteurs auxquels, en les lisant,
je prêtais forte attention.

CHANT PREMIER.

Sur l'aile des combats partez, jeunes héros,
Quittez, il en est temps, un trop lâche repos;
Isabelle en ces murs assise sur son trône
Vous nomme avec orgueil soutiens de sa couronne;
Partez, et par ce feu digne du sang français,
Que les fiers Espagnols, en voyant vos succès,

Reconnaissent en vous les vrais fils de la Gloire,
Et toujours les enfants chéris de la Victore.

Et vous, braves soutiens d'un pays insurgé,
Qui là-haut, sur ces monts, chantez la liberté,
Qui depuis trois printemps, animés par la rage,
Etonnez l'univers par vos traits de courage,
Essuyez de vos fronts un sang déjà noirci,
Et regardez plus fiers l'orgueil de l'ennemi.
Des soldats courageux des rives de la Seine
Arrivent, et leur chant retentit dans la plaine.
Bientôt dessus vos monts, gravissant les rochers,
Vous verrez tout joyeux ces dix mille guerriers,
Qui, guidés par l'ardeur de la soif dévorante,
Brûlent d'exterminer la faction menaçante.

Trop faibles ennemis, dans vos sombres retraites,
Ne croyez échapper encor aux baïonnettes;
Un peuple ami des lois, ennemi des tyrans,
En renversant partout vos femmes, vos enfants,
Par le bronze échauffé d'une bombe rougie,
Vous verra sans pitié mourir, quitter la vie.
Carlos dessus ces monts en vain se débattra,

Trop long-temps le soleil ses crimes éclaira.

Et le sang à grands flots engraissera la terre,

Ses soldats épuisés en mordront la poussière.

Sa troupe et Montigny résisteront en vain,

Nos héros dans leur sang se tremperont les mains.

Lacour, des factions trop zélé capitaine,

En vain par sa valeur, et sa rage et sa haine,

Cherchera dans vos rangs, ô valeureux Français,

D'obtenir, mais en vain, d'inutiles succès.

Et toi, fier Villemur, si fier d'être ministre,

Un temps pour nous heureux, mais pour toi bien sinistre,

Va te réduire enfin errant et vagabond :

Tout est perdu pour toi, pouvoir, et nation.

. . . .

. . . .

Les Français, n'écoutant que la voix du courage,

De toi, de tes soldats, ne feront qu'un carnage.

Les voyez-vous déjà, ces épais bataillons,

Leurs cris sont répétés par l'écho des vallons.

1.

C'est là que Cordova, sur les champs de Bellone,
Attend impatient cette jeune colonne;
Ses soldats aguerris, rayonnants de gaité,
S'écrient en vous voyant : Vive la liberté !

Tremble donc, Estella, ô ville trop rebelle,
Aux lois de ton pays si long-temps infidèle !
Un drapeau triomphant, flottant sur ton clocher,
T'annonce le retour de ce jeune guerrier ;
Tu dois t'en rappeler, ce général habile,
Avec peu de soldats, s'empara de la ville.
Le Troisième Léger, régiment de Céronne,
Joint aux Pessetéros, faisait seul la colonne;
La plaine des Arcos, où le canon grondait,
Vous apprirent, factieux, Cordova commandait;
Et Meindigouria, théâtre de la guerre,
Vous joncha par milliers mourants sur la poussière.
C'est en vain sur le pont que vous preniez l'essor,
Le Christino hardi vous y donnait la mort.
L'eau du fleuve rougie par le sang du Carliste
Menaça d'engloutir cette race hypocrite.
Par trois fois enhardis, Cordova et les siens
Vous massacrèrent tous la baïonnette aux reins.
Honteux d'être vaincus, fuyant dans vos montagnes,
Laissâtes Cordova paisible en ses campagnes.

Et le fort de Castille, près de Vittoria,
Ne vit-il pas encor signaler Cordova?
C'est là qu'avec Bernel, ce général français,
Ils obtinrent tous deux de si brillants succès.

La légion en ces champs, par sa mâle valeur,
Se couvrit ce jour là de lauriers et d'honneur.
Pour la première fois, ô Carlistes rebelles,
Vous vîtes les succès de ces soldats fidèles,
Qui, venus des déserts des rochers africains,
Traversèrent les mers et des pays lointains
Pour soutenir les vœux et les lois des Espagnes,
En donnant au pays la paix dans ses campagnes.

Larasouena vous vit, célèbres étrangers,
Et l'ennemi connut quels étaient ces guerriers,
Qu'ils virent par trois fois remporter la victoire (1).

Vos noms seront inscrits aux pages de l'histoire,
Etrangers valeureux, terribles aux combats;
L'univers en entier vous a nommés soldats.

(1) En effet, les 24, 25 et 26, ils battirent complètement l'ennemi.

Au rivage africain, dans ces plaines brûlantes,
L'Arabe respecta vos armes menaçantes.
En ses murs Moustapha fier de vous avoir,
Vous nomma son soutien, ses soldats, son pouvoir;
Mascara vous compare aux dix mille d'Asie,
Qui sera la plus belle action de votre vie.

Comme ces héros grecs, perdus dans les déserts,
Fixâtes l'attention des yeux de l'univers;
Les Arabes en vain, animés par la rage,
Crurent faire de vous un horrible carnage;
Car ces fiers ennemis voulurent vous cerner,
Mais vos six bataillons surent leur échapper.
Aujourd'hui défenseurs des braves Castillans,
Vous ont tous adoptés pour leurs fils, leurs enfants;
La France vous chérit, l'univers vous admire;
Voyez du haut des cieux Bellone vous sourire.

Comme eux, jeunes guerriers, allez, prenez l'essor,
Et bravez les périls, les dangers et la mort.
Les lauriers d'Ibérie, en couronnant vos têtes,
Vous feront réjouir de vos belles conquêtes;
Les Castillans reposent sur vous leurs intérêts,
Ils apprendront bientôt le bruit de vos succès.

Intéressants guerriers, soutiens d'un peuple en guerre,
Partez avec les vœux de nous et de la terre;
Vos mères, quoiqu'en pleurs, jouissent en secret,
Prenant des Espagnols les lois, les intérêts;
Votre jeune courage admiré par la France
Chaque jour comptera de vous une vaillance.

Le jeune de Pontons s'essaiera contre vous;
Mais il faut que forcé il tombe sous vos coups;
Ce jeune homme bien mieux au sein de sa famille
N'aurait dû voir sitôt la cruelle faucille,
Moissonnant ses soldats impitoyablement,
Et se trouvant couvert lui-même de leur sang.
Et puis, bientôt pressé par le feu de nos armes,
Verra tous ses soldats dans le sang et les larmes.
Sa mère, tout en pleurs, regrettera son fils,
Maudissant vainement ses braves ennemis,
Qui, guidés par l'ardeur de la soif de la gloire,
Le laisseront sans vie au champ de la victoire.

Carlos, tu prétendais gouverner en tyran,
Et pour cela, cruel, tu fis couler le sang,
D'une mère éplorée en immolant la fille

N'était pour toi qu'un jeu de perdre sa famille.
Connu des Castillans pour un prince inhumain,
Se sont tous élevés, ont refusé ta main ;
Ecoute donc le chant de la jeune colonne :

« C'est en vain, ô Carlos, que tu veux la couronne,
« Pour l'avoir il te faut passer sur notre corps ;
« Nous saurons tous braver les périls et la mort!
« Ennemi des Français, de toutes nos lois saintes,
« Ne crois nous inspirer aucunes lâches craintes,
« Car d'en venir aux mains avec tes bataillons
« Les font chanter joyeux ; écoute leurs chansons.
« Le retard qu'ils ont mis à leur impatience
« N'apaise pour cela leur trop juste vengeance. »

FIN DU CHANT PREMIER.

CHANT DEUXIÈME.

Par un soleil brillant, sous un ombrage épais,
Je fus seul promener ; tranquille je rêvais,
Contemplant du soleil le contour admirable,
J'écoutais les oiseaux, leur ramage agréable.
Le zéphyr balançait la cime des ormeaux ;
Tout près de là s'entend le murmure des eaux.

Ce lieu vraiment tranquille inspirait le silence,
Que troublèrent bientôt deux soldats la présence :
L'un paraissait chargé, rayonnant de gaieté,
Et l'autre le suivait d'un air fort attristé.

Bientôt, non loin de moi, derrière le feuillage,
S'assirent tous les deux, et tinrent ce langage :
Celui qui paraissait être sur son départ
Jette sur son ami un orgueilleux regard,
Et lui dit fièrement :
               « Regarde ces montagnes,
« D'où l'on voit sur le haut la terre des Espagnes :
« C'est là qu'un ennemi de nos institutions
« Nous attend bien armé dans ses étroits vallons.

« Je fais partie de ceux qui, guidés par la rage,
« Vont joyeux essayer leur arme et leur courage.
« Entends leurs chants guerriers, écoute leurs adieux ;
« Ami, d'être avec eux, oui, je me crois heureux.

« Mais toi, puisque tu vas revoir mon pauvre père,
« Dis-lui, et n'oublie pas aussi ma chère mère,
« Que le bruit du canon a fait battre mon cœur,
« Et je vole content au chemin de l'honneur.
« Je sais qu'à ce récit, les yeux baignés de larmes,

« Mon père, vieux soldat, en bénira les armes;

« Ma mère plus sensible au départ de son fils,

« Me semble voir ses pleurs, sa douleur et ses cris.

« Mais toi, mon vieil ami, n'oublie pas de lui dire

« Que le cœur de son fils bat pour elle et soupire,

« Et que, loin du pays qui me donna le jour,

« Je lui saurai porter un éternel amour.

« Et la jeune Clotilde, cette femme fidèle,

« A qui je jure encor amitié éternelle,

« Dis-lui que dans les feux des horribles combats

« Son amant en fureur ne l'oubliera pas;

« Son portrait, toujours là, règne encor dans mon âme,

« Et que sa vue m'inspire une brûlante flamme.

« Dis-lui que des baisers, sur l'aile des zéphyrs,

« Lui transmettront toujours mes aimables désirs.

« Si j'ai quelque regret de quitter la patrie,

« Et sur le champ d'honneur d'abandonner la vie,

« C'est de ne plus revoir l'objet de mes amours,

« A qui, loin de son toit, je penserai toujours.

« Et toi, mon cher ami, souris, sèche tes larmes.

« Si tu ne concours pas au succès de nos armes,

« Le hasard a causé ces fâcheux accidents,

« Mais réserve ton bras, mon vieux, pour d'autres temps.

« Si jamais l'ennemi menace notre France,

« Alors avec orgueil montre leur ta vaillance ;

« Abandonne ton père et même tes amours,

« S'il faut, pour le pays sacrifie-lui tes jours ;

« Et, revenu vainqueur sous le toit de ton père,

« Tu feras le récit des horreurs de la guerre.

« Après que l'Ibérie aura sa liberté,

« Je reviendrai nouer les nœuds de l'amitié.

« Reprenant tous les deux le soc de la charrue,

« Nous nous rappellerons cette vieille entrevue.

« Adieu, j'entends déjà le signal du départ.

« Espérons, je le crois, un jour de nous revoir. »

L'autre lui tend la main, à regret l'abandonne,
Et le voit en tremblant rejoindre sa colonne.

Avec de tels soldats, France, quels ennemis
Auraient assez d'orgueil pour fouler ton pays !
Les rois européens, réunisssant leurs forces,
Contre toi vainement brûleraient leurs amorces ;
Car, bientôt obligés de fuir honteusement,
Ne pourraient qu'admirer un peuple si vaillant.

FIN DU CHANT DEUXIÈME.

LA GLOIRE,

APPARAISSANT A UNE SENTINELLE SE PLAIGNANT DE SON ABSENCE.

Le soleil colorait la cîme des montagnes,
A peine éclairait-il nos riantes campagnes ;
Il venait, en sortant des abîmes des mers,
Par son brillant éclat éclairer l'univers.
Le ciel était serein, la voûte sans nuages,
Les oiseaux par leurs chants égayaient les bocages ;
La nature ce jour déployant sa beauté,
Par l'odorat des fleurs l'air était embaumé ;

Le zéphyr ce matin, par une douce haleine,
Agitait mollement les arbres de la plaine;
J'étais en sentinelle au haut des remparts,
Je jetais au lointain rarement mes regards,
Quoique le rossignol, par sa voix mélodieuse,
Vînt encore récréer ma personne ennuyeuse,
Mon esprit abattu par un mal trop violent,
M'empêchait d'admirer et sa voix et son chant.
Le laboureur en vain chantait sur sa charrue;
Rien ne pouvait fixer mon esprit ni ma vue.
Sans aucun intérêt, je faisais ma faction,
En pensant quelquefois au toit de ma maison,
Quand tout à coup, levant le bras avec violence,
Je prononcai ces mots, même avec véhémence :

« Voilà quatre printems que je sers mon pays,
« Sans avoir vu briller le fer des ennemis;
« En partant je promis des lauriers à mon père :
« Il reverra son fils sans eux à la chaumière.
« Nos armées ne vont plus de conquête en conquête;
« On ne voit plus marcher la victoire à leur tête.
« Nos soldats retirés en une honteuse paix,
« Semblent depuis long-temps n'être plus des Français.»

Et ces mots prononcés, je reprends ma posture
Pour souffrir plus encore d'une peine trop dure.

Mais que vois-je, grands dieux, qui brille dans les airs?
De tous côtés paraît de mille éclats divers ;
Est-ce la Renommée aux cent bouches ouvertes,
Qui vient nous prévenir de nous tenir alertes ?
Ou bien c'est Jupiter sur son char lumineux,
Qui vient pour soulager nos mortels malheureux?
Avec rapidité, je le vois, il s'avance ;
Quelques instants après il est en ma présence.
O dieux ! c'était la Gloire entourée de héros,
Assis à côté d'elle ; honorable repos !
César est à sa droite, avec le sage Ulysse,
Qui de sa vie faisait le noble sacrifice.
Annibal, Scipion, ces adroits généraux,
Recevaient dans ce char le prix de leurs travaux.

Mes yeux qu'éblouissait cette troupe héroïque,
Cherchaient à pénétrer dans ce char magnifique :
Ils virent même assis le grand Léonidas,
Qui tenait par la main cet Epaminondas
Qui laissait, disait-il, deux victoires pour filles,
Qui vaudraient pour le moins deux illustres familles
Le brave Duguesclin tenait aussi son rang,
Condé lui souriait à côté de Vauban ;
Et Turenne et Villars, ces héros de la France,
Jetaient sur la Castille un air plein d'arrogance.

Mais du milieu du char la Gloire s'éleva,

Parmi tous ces guerriers parut avec éclat,

Et de nobles lauriers, de l'honneur le vrai signe,

Entourant à la fois sa tête magnanime.

Puis s'adressant à moi, d'un air plein de grandeur,

Me dit en souriant : « Réprime cette ardeur ;

« Si Philippe, ton roi, paraît régner tranquille,

« Le courage à son cœur il n'est pas indocile ;

« Car ce fer dangereux qui brille dans tes mains

« Ira vomir la mort en des pays lointains :

« Vous bénirez alors sa bannière royale,

« Qui vous montrera tous sa marche triomphale.

« Le héros, que l'on met au rang des demi-dieux,

« Saura conduire aussi vos drapeaux glorieux ;

« Et me montrant du doigt dans son char magnifique,

« Me fit apercevoir le plus heureux physique :

« C'était Napoléon, dessous un dais assis,

« Tenant entre ses bras un jeune roi, son fils ;

« Il lançait sur la France un gracieux sourire,

« Disant avec orgueil : Le voilà, mon Empire ! »

La déesse, à ces mots, s'envole dans les airs,

Quittant pour quelque temps le sol de l'univers ;

Et moi, tout ébloui de sa magnificence,

Je m'écriais joyeux : Vive, vive la France !....

VERS LÉGERS,

QUI ME FURENT DEMANDÉS PAR UN AMI, SOLDAT, AUJOURD'HUI DÉTENU POUR CAUSE MILITAIRE, ET QUE J'AI MIS DANS SA BOUCHE,

De ma prison échappez-vous., mes vers,
Prenez l'essor à travers mon grillage;
Laissez-moi seul, tout seul dans l'univers,
Abandonné dans mon dur esclavage.

Ma plume, hélas! tremblante dans ma main,
Pour à présent se refuse d'écrire;
Adieu, amis, liberté, ciel serein;
Devant mes yeux rien ne vient plus sourire.

Ma mère en pleurs regrettera son fils,
Ce souvenir fait déchirer mon âme,
Et nul mortel dans ses sombres ennuis
Ne lui dira : Consolez-vous, Madame !

Lauriers glorieux, flétris dans les prisons,
Pour vous cueillir je quittai ma patrie ;
Et je n'aurai de vos nobles moissons
Que la douleur d'avoir encor la vie ! ! !

FIN.

www.ingramcontent.com/pod-product-compliance
Lightning Source LLC
Chambersburg PA
CBHW061731180626
46818CB00006B/2555